10 avril 1884

COLLECTION DE M. ***

TABLEAUX & AQUARELLES

de l'École Moderne

CATALOGUE

DE

TABLEAUX ET AQUARELLES

DE L'ÉCOLE MODERNE

PARMI LESQUELS

UNE ŒUVRE IMPORTANTE D'EUGÈNE ISABEY

Dépendant de la Collection de M. ***

ET DONT LA VENTE AURA LIEU

HOTEL DROUOT, SALLE N° 8

Le Jeudi 10 Avril 1884, à 3 heures.

COMMISSAIRE-PRISEUR	EXPERT
Me PAUL CHEVALLIER	**M. GEORGES PETIT**
10, rue Grange-Batelière, 10	12, rue Godot-de-Mauroi, 12

Chez lesquels se trouve le présent Catalogue.

EXPOSITIONS

PARTICULIÈRE	PUBLIQUE
Le Mardi 8 Avril 1884	***Le Mercredi 9 Avril 1884***
DE 1 HEURE A 5 HEURES.	DE 1 HEURE A 5 HEURES.

CONDITIONS DE LA VENTE

La vente aura lieu expressément au comptant.

Les acquéreurs payeront en sus des enchères *cinq pour cent* applicables aux frais.

Paris — Imp. de l'Art, J. Rouam, 41, rue de la Victoire.

DÉSIGNATION

BARON

1 — *L'Escarpolette.*

Haut., 32 cent.; larg., 24 cent.

BELLENGER

(GEORGES)

2 — *Les Laveuses.*

Haut., 60 cent.; larg., 50 cent.

BÉRAUD

(JEAN)

3 — *Flirtation.*

Haut., 56 cent.; larg., 37 cent.

*

BÉRAUD

(JEAN)

4 — *Au bal.*

Haut., 27 cent.; larg., 35 cent.

BERCHERE

5 — *Marché au Caire.*

Aquarelle.

Haut., 40 cent.; larg., 30 cent.

BERCHÈRE

6 — *Cour et mosquée au Caire.*

Aquarelle.

Haut., 43 cent.; larg., 27 cent.

BERNE-BELLECOUR

7 — *La Pêche à la ligne.*

Haut., 21 cent.; larg., 12 cent.

BEYLE

8 — *Sur la falaise.*

Salon de 1880.

Haut., 1 m. 95 cent.; larg., 1 m. 35 cent.

BEYLE

9 — *Au printemps.*

Aquarelle.

Haut., 45 cent.; larg., 30 cent.

BEYLE

10 — *Les Inséparables.*

Aquarelle.

Haut., 45 cent.; larg., 30 cent.

BOUDIN

11 — *Entrée de port.*

Haut., 23 cent.; larg., 30 cent.

BRISSOT

12 — *Troupeau de moutons entrant dans la bergerie.*

Haut., 38 cent.; larg., 44 cent.

BROWN

(J. L.)

13 — *Cavaliers au bord de la mer.*

Haut., 35 cent.; larg., 27 cent.

BRUN

14 — *Les Étrennes de Bébé.*

Haut., 19 cent.; larg., 23 cent.

BRUN

15 — *Le Pont des Saints-Pères à Paris.*

Haut., 18 cent.; larg., 23 cent.

BUTIN

16 — *Le Départ pour la pêche.*

Daté 1880.
Gravé par Champollion pour le journal *l'Art.*
Salon de 1881.

Haut., 1 m. 45 cent.; larg., 2 m. 30 cent.

BUTIN

17 — *Premières Confidences.*

Haut., 52 cent.; larg., 75 cent.

CHAPLIN

18 — *Rêveuse.*

Aquarelle.

Haut., 40 cent.; larg., 24 cent.

COLIN

(PAUL)

19 — *La Charrette.*

Haut., 40 cent.; larg., 31 cent.

CORMON

20 — *Caïn fuyant devant le Seigneur.*

Première partie du tableau du musée du Luxembourg.

Haut., 90 cent.; larg., 42 cent.

DANTAN

21 — *L'Atelier de mon père.*

Aquarelle.

Haut., 45 cent.; larg., 40 cent.

DANTAN

22 — *Un Coin du Salon en 1880.*

Haut., 97 cent.; larg., 1 m. 28 cent.

DEFAUX

23 — *Intérieur de bergerie.*

Haut., 70 cent.; larg., 50 cent.

DEFAUX

24 — *Troupeau de moutons sous de grands arbres.*

Haut., 65 cent.; larg., 50 cent.

DEFAUX

25 — *Bouleaux dans la forêt de Fontainebleau.*

Haut., 1 mètre; larg., 80 cent.

DELANOY

26 — *La Table de Carnot.*

Salon de 1881.

Haut., 80 cent.; larg., 1 m. 35 cent.

DESTREM

27 — *Feux d'automne.*

Aquarelle.

Haut., 45 cent.; larg., 32 cent.

DUBASTY

28 — *Italienne.*

Haut., 44 cent.; larg., 38 cent.

DUBUFFE

(G.)

29 — *Les Pigeons de Saint-Marc.*

Aquarelle.

Haut., 55 cent.; larg., 32 cent.

DUEZ

30 — *Sur la plage.*

Haut., 60 cent.; larg., 90 cent.

DUEZ

31 — *Le Coin des souvenirs.*

Haut., 52 cent.; larg., 70 cent.

DUEZ

32 — *Sur la falaise.*

Haut., 72 cent.; larg., 50 cent.

FRÈRE

(ED.)

33 — *Le Petit Amateur d'estampes.*

Haut., 27 cent.; larg., 22 cent.

FROMENTIN

34 — *Mendiante à la porte d'une maison.*

Haut., 46 cent.; larg., 30 cent.

GOENEUTTE

35 — *En classe.*

Haut., 53 cent.; larg., 43 cent.

GOENEUTTE

36 — *Sur la terrasse.*

Haut., 32 cent.; larg., 38 cent.

GOENEUTTE

37 — *Le Pont-Royal à Paris.*

Aquarelle.

Haut., 37 cent.; larg., 40 cent.

GOENEUTTE

38 — *Un Stradivarius.*

Haut., 93 cent.; larg., 70 cent.

GONZALÈS

39 — *Le Portrait du grand-papa.*

Salon de 1875.

Haut., 58 cent.; larg., 78 cent.

GONZALÈS

(ÉVA)

40 — *La Demoiselle d'honneur.*

Pastel.

Haut., 47 cent.; larg., 36 cent.

GONZALÈS

(ÉVA)

41 — *A Dieppe.*

Pastel.

Haut., 46 cent.; larg., 37 cent.

GUILLEMIN

42 — *Paysan breton.*

Haut., 33 cent.; larg., 22 cent.

HAQUETTE

43 — *Chez le garde.*

Salon de 1877.

Haut., 1 m. 68 cent.; larg., 1 m. 20 cent.

HAQUETTE

44 — *Les Œufs à la coque.*

Haut., 54 cent.; larg., 70 cent.

HOETERICKX

45 — *Souvenir de Londres (Charing Cross).*

Aquarelle.

Haut., 22 cent.; larg., 26 cent.

HOETERICKX

46 — *Souvenir de Londres (Muggy Weather).*

Aquarelle.

Haut., 22 cent.; larg., 26 cent.

ISABEY

47 — *La Cérémonie du baise-main.*

Au fond d'une vaste nef richement décorée de draperies et de peintures, apparait le tabernacle soutenu par deux colonnes d'airain. Sur la droite, un évêque, assis sous un dais, reçoit en grande pompe les fidèles qui se courbent respectueusement devant lui. Les marches de l'autel sont couvertes de personnages, seigneurs, grandes dames et moines qui se rendent au baise-main ou en reviennent. Tout à fait au premier plan, sont groupés des instruments de musique autour du lutrin.

Œuvre importante du maître.

Haut., 79 cent.; larg., 95 cent.

INCONNU

48 — *Intérieur de bois.*

Aquarelle.

LAPOSTOLET

49 — *Port de Dunkerque.*

Aquarelle.

Haut., 34 cent.; larg., 45 cent.

LEMAIRE

(Mme MADELEINE)

50 — *Panier de roses.*

Aquarelle.

Haut., 55 cent.; larg., 37 cent.

LEMMENS

51 — *Paysage.*

Haut., 9 cent.; larg., 18 cent.

MÉLINGUE

(LUCIEN)

52 — *Marat.*

Salon de 1880.

Haut., 75 cent.; larg., 1 mètre.

DE MESGRIGNY

53 — *Bords de la Marne.*

Aquarelle.

Haut., 30 cent.; larg., 43 cent.

MOLS

(ROBERT)

54 — *Vue de Paris prise du quai des Célestins.*

Haut., 61 cent.; larg., 89 cent.

MORAND

55 — *Glaïeuls.*

Aquarelle.

Haut., 50 cent.; larg., 41 cent.

PELOUSE

56 — *Paysage d'hiver, soleil couchant.*

Haut., 37 cent.; larg., 54 cent.

PERRET

(AIMÉ)

57 — *Le Coup de l'étrier.*

Salon de 1879.

Haut., 55 cent.; larg , 45 cent.

POIRSON

58 — *De Boulogne à Folkestone.*

Aquarelle.

Haut., 28 cent.; larg., 37 cent.

POIRSON

59 — *En pleine mer.*

Aquarelle.

Haut., 40 cent.; larg., 27 cent.

RIBOT

60 — *Pècheuse normande.*

Elle est vue de face à mi-corps, coiffée d'un bonnet de coton et vêtue d'une jupe noire.

Très belle peinture du maitre.

Salon de 1878.

Haut., 73 cent.; larg., 56 cent.

RIBOT

61 — *Pècheur normand.*

Haut., 73 cent.; larg., 56 cent.

RICARD

(GUSTAVE)

62 — *Vénus Anadyomène.*

Haut., 73 cent.; larg., 1 m. 25 cent.

SCOTT

63 — *Le Marché aux fleurs, à Nice.*

Aquarelle.

Haut., 45 cent.; larg., 34 cent.

SCOTT

64 — *Une Rue à Nice.*

Aquarelle.

Haut., 37 cent.; larg., 25 cent.

TASSET

(G.)

65 — *L'École buissonnière.*

Salon de 1875.

Haut., 45 cent.; larg., 33 cent.

THOMAS

66 — *Nature morte; fleurs et fruits.*

Haut., 1 m. 15 cent.; larg., 1 m. 50 cent.

VOLLON

67 — *Le Dessert.*

Un morceau de melon est posé sur un plat en faïence bleue; à gauche, sur un coin de la table, des pêches et des raisins.

Haut., 59 cent.; larg., 75 cent.

VOLLON

68 — *Paysage.*

Haut., 44 cent.; larg., 55 cent.

YUNDT

69 — *Jeune Alsacienne.*

Aquarelle.

Haut., 45 cent.; larg., 31 cent.

YON

(EDMOND)

70 — *L'Ile Saint-Denis.*

Aquarelle.

Haut., 37 cent.; larg., 52 cent.

YON

(EDMOND)

71 — *Dans les prés de Villerville.*

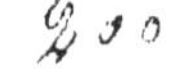

Aquarelle.

Haut., 52 cent.; larg., 35 cent.

www.ingramcontent.com/pod-product-compliance
Ingram Content Group UK Ltd.
Pitfield, Milton Keynes, MK11 3LW, UK
UKHW022147260726
13993UKWH00005B/2216